Festa do Pijama

Texto: Anna Claudia Ramos
Ilustrações: Marilia Pirillo

Paulinas

Esta é a turma da vila:

Felipe, Guto, Leo, Nina, Duda e Lulu são as crianças da vila.
Melado, Sanduba, Jujuba e Netuno são os bichos que moram com as crianças.

Dados Internacionais de Catalogação na Publicação (CIP)
(Câmara Brasileira do Livro, SP, Brasil)

Ramos, Anna Claudia
    Festa do pijama / texto Anna Claudia Ramos ; ilustrações Marilia Pirillo. – 1. ed. – São Paulo : Paulinas, 2013. – (Coleção sabor amizade. Série turma da vila)

    ISBN 978-85-356-3574-4

    1. Literatura infantojuvenil I. Pirillo, Marilia. II. Título. III. Série.

13-06434   CDD-028.5

Índices para catálogo sistemático:
1. Literatura infantil 028.5
2. Literatura infantojuvenil 028.5

1ª edição – 2013
7ª reimpressão – 2025

Direção-geral: *Bernadete Boff*
Editora responsável: *Maria Alexandre de Oliveira*
Assistente de edição: *Milena Patriota de Lima Andrade*
Copidesque: *Ana Cecilia Mari*
Coordenação de revisão: *Marina Mendonça*
Revisão: *Sandra Sinzato*
Gerente de produção: *Felício Calegaro Neto*
Produção de arte: *Telma Custódio*

Nenhuma parte desta obra pode ser reproduzida ou transmitida por qualquer forma e/ou quaisquer meios (eletrônico ou mecânico, incluindo fotocópia e gravação) ou arquivada em qualquer sistema ou banco de dados sem permissão escrita da Editora. Direitos reservados.

Cadastre-se e receba nossas informações
paulinas.com.br
Telemarketing e SAC: 0800-7010081

Paulinas
Rua Dona Inácia Uchoa, 62
04110-020 – São Paulo – SP (Brasil)
(11) 2125-3500
editora@paulinas.com.br
© Pia Sociedade Filhas de São Paulo – São Paulo, 2013

Lulu é dona de Sanduba,
que virou seu melhor amigo.

HOJE É DIA DO ANIVERSÁRIO DE LULU E VAI TER FESTA NA VILA.

UMA FESTA DO PIJAMA COM CRIANÇAS E BICHOS. TODOS JUNTOS.

O PAI DE LULU MONTOU UMA SUPERCAMA NA SALA.

A MÃE DE LULU FEZ BOLO DE BANANA, BALA DE COCO E PREPAROU SUCO.

OS AMIGOS FORAM CHEGANDO.
TODOS DE PIJAMA.
O PRIMEIRO FOI NETUNO,
QUE SAIU CORRENDO NA FRENTE DE SEUS DONOS.

NETUNO ADORA LULU, PORQUE ELA JOGA BOLA COM ELE TODOS OS DIAS. LEO E NINA LEVARAM UMA BOLA NOVA DE PRESENTE PARA A AMIGA.

DEPOIS, FOI A VEZ DE DUDA,
QUE CHEGOU COM UM MACACO DE PELÚCIA.

SANDUBA ACHOU O NOVO AMIGO DE LULU MUITO PELUDO.

JUJUBA E MELADO CHEGARAM E FORAM LOGO SE DEITANDO NO SOFÁ. ACHO QUE OS DOIS QUERIAM LER O LIVRO NOVO QUE LULU GANHOU DE SUA TIA.

TODOS COMERAM BOLO, SANDUÍCHES E TOMARAM SUCO. DEPOIS, BRINCARAM ATÉ CHEGAR A HORA DE DORMIR.

OS AMIGOS DEITARAM NA CAMA GIGANTE.
A MÃE DE LULU PEGOU UM LIVRO BEM GRANDE E CONTOU

MUITAS HISTÓRIAS DE ARREPIAR PELOS E CABELOS.

AINDA BEM QUE ERA NOITE DE LUA CHEIA.
JUJUBA NÃO FICOU COM MEDO DO ESCURO.

A SALA JÁ ESTAVA BASTANTE ILUMINADA, QUANDO TODOS DORMIRAM.

Anna Claudia Ramos

Foto: Octacílio Barbosa

Sou carioca, graduada em Letras pela PUC-Rio, mestre em Ciência da Literatura pela UFRJ, e sócia do Atelier Vila das Artes Produção Editorial. Já fiz muitas coisas nesta vida e, se quiser saber um pouco mais, basta acessar meu site que tem muita história por lá. Mas gosto de dizer que sou feita de histórias.

Desde 1989, sou professora de Oficinas Literárias. Atualmente tenho turmas virtuais! Viajo pelo Brasil afora dando palestras, cursos e oficinas sobre minha experiência com leitura e como escritora e especialista em LIJ.

Resolvi escrever os livros da *Coleção Turma da Vila* porque moro em uma vila de casas e vi uma geração inteirinha de crianças crescerem brincando com seus animais de estimação. Por isso, me inspirei nessas crianças e criei estes livros, onde meninos, meninas, cães e gatos convivem de forma encantadora. E atualmente já temos uma nova geração de crianças e bichos na vila. Novas histórias virão por aí!

annaclaudiaramos.com.br

Marilia Pirillo

Foto: Letícia Spezani

Sou gaúcha de Porto Alegre.
Comecei minha carreira trabalhando com projeto gráfico, editoração e ilustração para publicidade e revistas de atividades para crianças.
Em 1995, ilustrei meus primeiros livros de literatura para crianças e não parei mais: hoje são mais de 80 títulos publicados com minhas ilustrações.
Em 2004, quando mudei para o Rio de Janeiro, comecei a fazer aulas de escrita. Foi em uma oficina de literatura para crianças que conheci Anna Claudia Ramos, que foi mestra e virou amiga e incentivadora da minha carreira de escritora.
As aulas, em pequenos grupos, aconteciam em uma bucólica vila de casas localizada no coração de Copacabana, o Atelier Vila das Artes, que serviu de inspiração para esta coleção.
Também escrevo para crianças e jovens. Tenho 13 livros publicados de minha autoria.

mariliapirillo.com